獻給摯愛的艾莉
感謝小大幼兒園的女孩、男孩和老師 —— 安‧懷特福德‧保羅

獻給奧吉——大衛‧沃克

文　安‧懷特福德‧保羅（Ann Whitford Paul）

　　作品曾榮獲《紐約時報》優秀圖書、桑德伯格兒童文學獎、銀行街優秀圖書獎、科學與社會研究優秀圖書，以及美國家長協會認證好書等19個不同獎項。她的睡前繪本《如果動物晚安也親親》出版多年暢銷不衰，一直是美國亞馬遜網路書店給幼兒的動物書分類第一名。現在，她除了創作，還在加州大學洛杉磯分校教授繪本寫作課程。

圖　大衛‧沃克（David Walker）

　　大衛‧沃克有各式各樣的作品，包括聖誕節的吊飾與嬰兒用品，現在花比較多時間創作卡片與兒童繪本，創作靈感多來自兩個可愛的女兒、工作室的夥伴與大麥町狗葛斯。歡迎光臨他的網站：www.davidwalkerstudios.com/

譯　汪仁雅

　　喜愛文字和圖像點構出的意義坐標，那裡有寬容、理解、哀矜勿喜的體會，有可親可愛、酣暢淋漓的生命滋味。閱讀構築出迷人的星系，仰望就能得到信仰。

國家圖書館出版品預行編目(CIP)資料

如果動物要上學 / 安‧懷特福德.保羅文；大衛.沃克圖；汪仁雅 .-- 初版 .-- 新北市：小熊出版：遠足文化發行, 2020.08
32 面； 22.8×22.8 公分 .（精選圖畫書）
譯自： If animals went to school
ISBN 978-986-5593-62-9（精裝）

874.599　　　　　　　　　　110010757

精選圖畫書　如果動物要上學　文／安‧懷特福德‧保羅　圖／大衛‧沃克　譯／汪仁雅

總編輯：鄭如瑤｜主編：詹嬿馨｜美術編輯：王子昕｜行銷副理：塗幸儀
社長：郭重興｜發行人兼出版總監：曾大福
業務平臺總經理：李雪麗｜業務平臺副總經理：李復民
海外業務協理：張鑫峰｜特販業務協理：陳綺瑩｜實體業務協理：林詩富
印務協理：江域平｜印務主任：李孟儒
出版與發行：小熊出版‧遠足文化事業股份有限公司
地址：231 新北市新店區民權路 108-2 號 9 樓｜電話：02-22181417
傳真：02-86671851｜劃撥帳號：19504465｜戶名：遠足文化事業股份有限公司

客服專線：0800-221029｜客服信箱：service@bookrep.com.tw
Facebook：小熊出版｜E-mail：littlebear@bookrep.com.tw
讀書共和國出版集團網路書店：http://www.bookrep.com.tw
團體訂購請洽業務部：02-22181417 分機 1132、1520
法律顧問：華洋法律事務所／蘇文生律師
印製：凱林彩印股份有限公司
初版一刷：2021 年 8 月
定價：320 元｜ISBN：978-986-5593-62-9

小熊出版讀者回函　　小熊出版官方網頁

如果動物要上學

文／安·懷特福德·保羅　圖／大衛·沃克　譯／汪仁雅

如果動物要上學，
河狸爸爸得拉著小河狸走。
「你動作太慢了啦！」

但是，小河狸不甘不願的拖著腳步說：
「我不想去上學！」

袋鼠蹦蹦跳跳的跳過小河狸身邊，第一個進學校。

河狸呢？
他是最後一個。

獵豹老師站在門口 呼嚕呼嚕 的說：
「歡迎你，請進來和大家一起坐下吧！」

歡迎光臨

大家一起唱歌，獵豹老師 嘟嘟嘟 吹奏著長笛。

野犬跟著 嗷嗚嗷嗚，

貓頭鷹也來 咕咕咕。

來練習寫字母吧！

貓熊寫 P，

響尾蛇寫 C，

烏龜寫 T。

如果動物要上學，

河狸會練習用樹枝數一數。

大象會把積木堆成塔。

鱷魚的尾巴 揮啊揮，

甩啊甩，

啪啪啪！

喔喔！

積木倒了！

老鼠在玩形狀遊戲——

圓形、正方形……

是誰把三角形都拿走啦？

吼——原來是正在生氣的小熊！

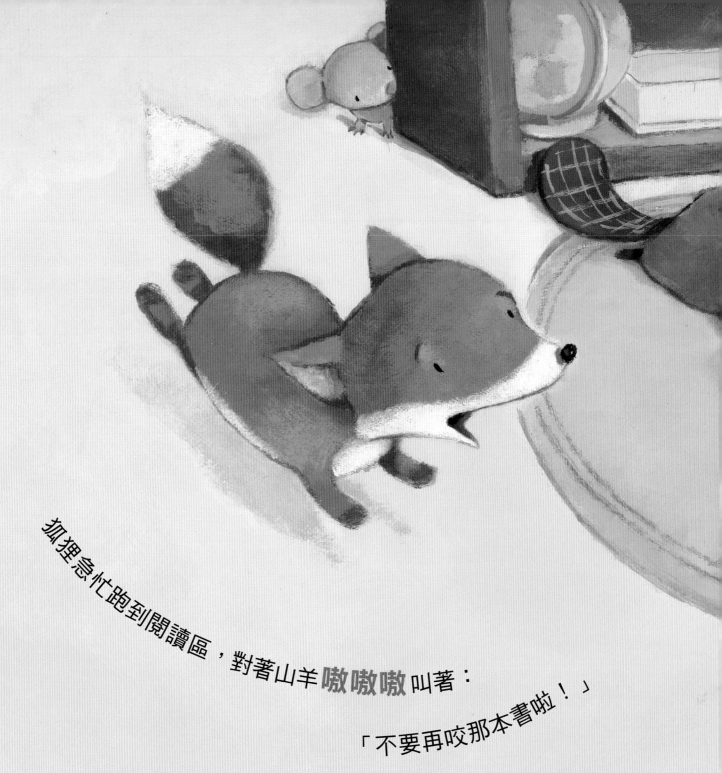

狐狸急忙跑到閱讀區，對著山羊 嗷嗷嗷 叫著：

「不要再咬那本書啦！」

獵豹老師呼嚕呼嚕的說：「午餐時間到嘍！」

河狸啃啃啃，驢子嚼嚼嚼。

如果動物要上學，
河狸和臭鼬會一起在沙坑挖洞，
挖出一個超大的洞！

狐猴會爬上攀爬架，

蕩啊蕩 的從這一頭晃到另一頭。

紅鶴會**撲撲撲**的拍拍翅膀，
貓熊會**咚咚咚**的拍拍小球。

旅鼠會爬上駱駝高高的駝峰跳啊跳，
小鵝會順著長頸鹿的脖子嘎嘎嘎的
溜下來。

如果動物要上學，
最後，獵豹老師會呼嚕呼嚕的說：
「放學嘍！」

沮喪的河狸會啪啪啪的擺動尾巴，
依依不捨的跟爸爸說：「我還不想回家！」

然後，拖著依依不捨的腳步，
很慢、很慢的和爸爸一起回家。